PICCOLE STORIE PER
bambini di
2
anni

Seconda ristampa, novembre 2018

Testi di Stefano Bordiglioni
Illustrazioni di Barbara Vagnozzi
© 2016 Edizioni EL, via J. Ressel 5, 34018
San Dorligo della Valle (Trieste)
ISBN 978-88-6714-543-0

www.edizioniel.com

PICCOLE STORIE PER bambini di 2 anni

EMME EDIZIONI

Indice

Il latte di fiori
I colori sbagliati
Dov'è il mio piccolo?
Il nido nel cappello
Il semaforo rosso
Il fiore che parla
Il pesciolino grigio

Il latte di fiori

Otello ha una mucca che si chiama Zoe. Tutte le mattine Otello la munge e poi la fa uscire dalla stalla. Cosí Zoe è libera di mangiare l'erba che le piace di piú.
Ma oggi, quando Otello comincia a mungere la sua mucca, succede qualcosa di strano.
– Zoe, il tuo latte è rosa! – esclama il contadino. – Che succede? Non ti starai mica ammalando?
Otello mette un po' di quello strano latte rosa in un bicchiere e prova ad assaggiarne un goccio.

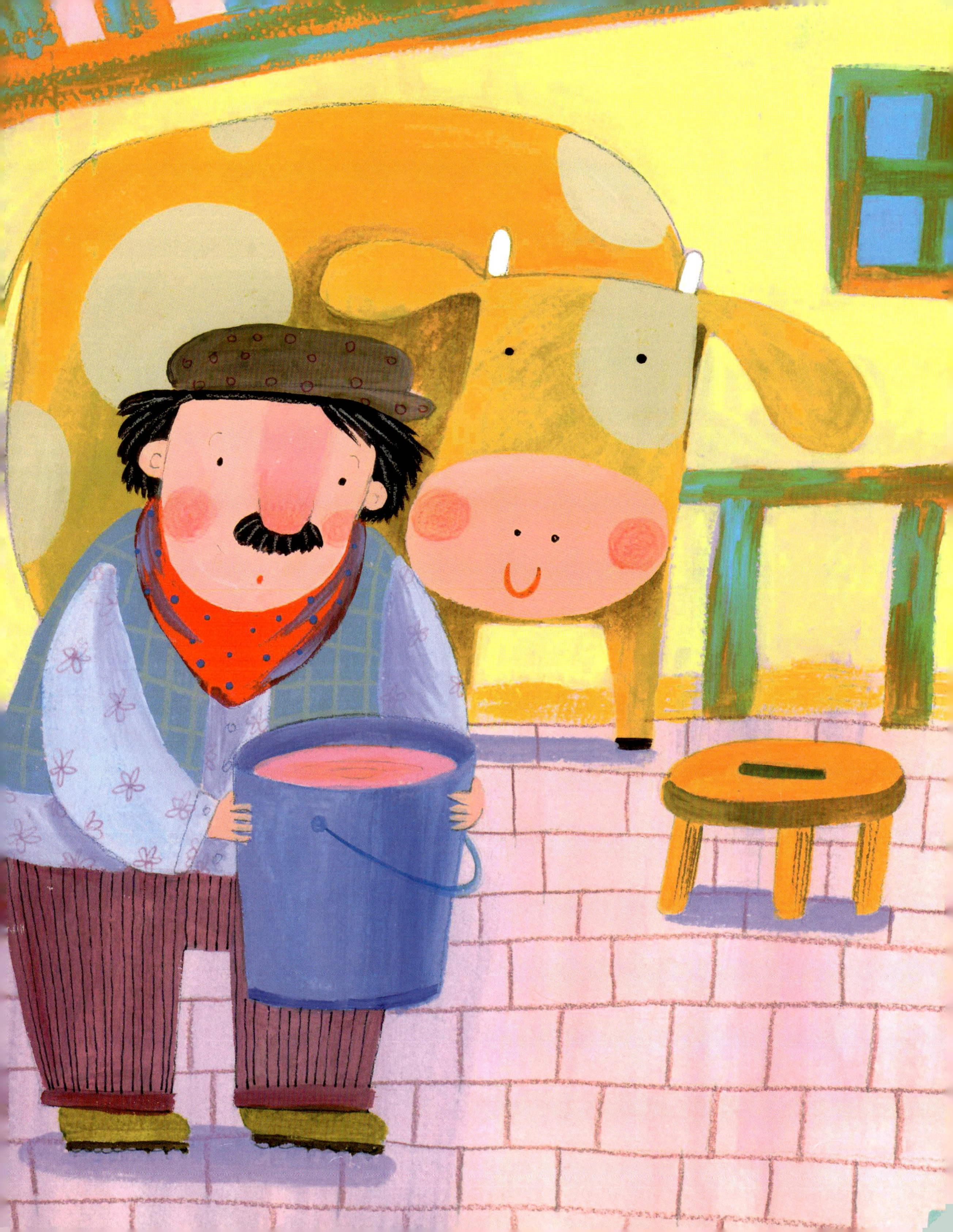

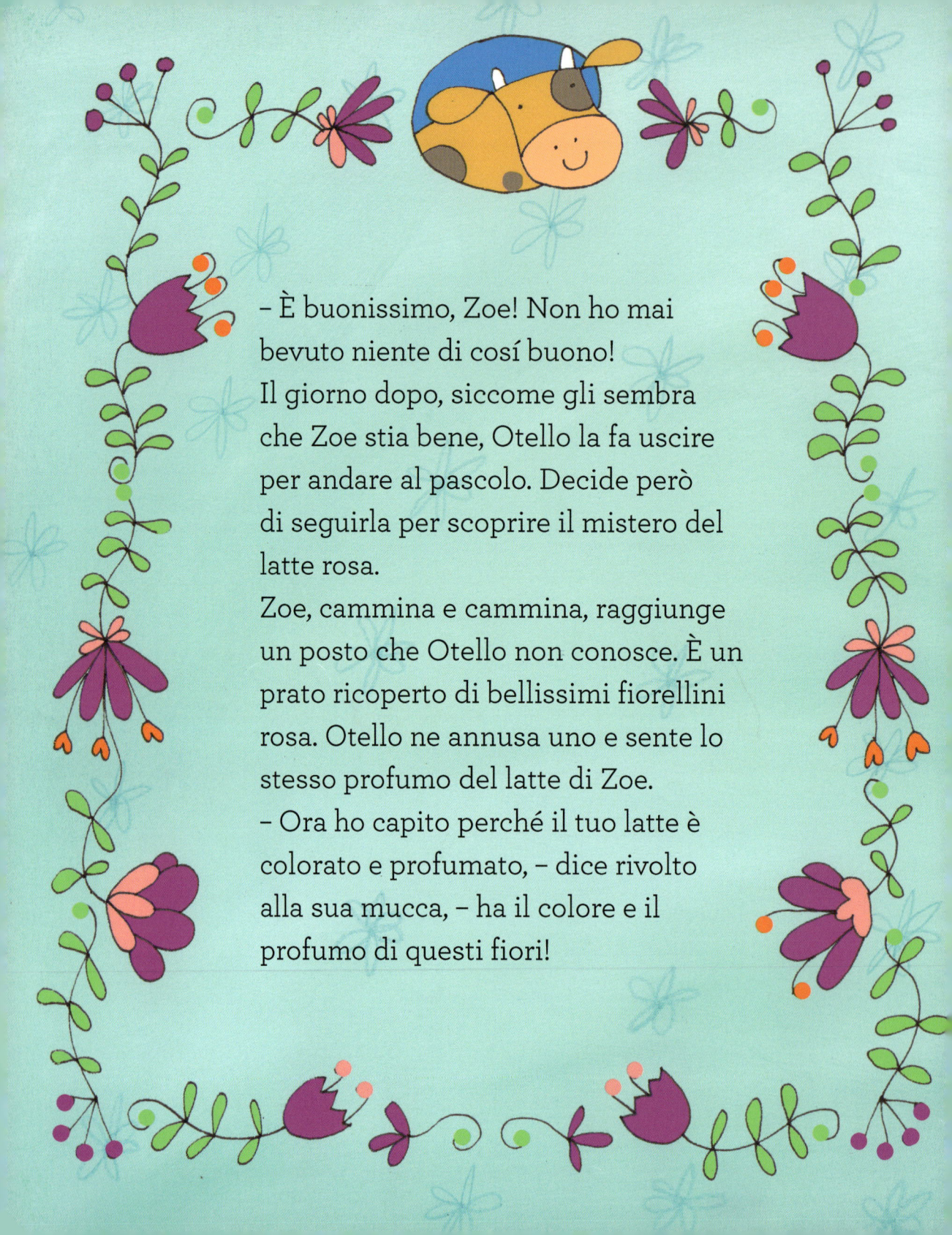

– È buonissimo, Zoe! Non ho mai bevuto niente di cosí buono!
Il giorno dopo, siccome gli sembra che Zoe stia bene, Otello la fa uscire per andare al pascolo. Decide però di seguirla per scoprire il mistero del latte rosa.
Zoe, cammina e cammina, raggiunge un posto che Otello non conosce. È un prato ricoperto di bellissimi fiorellini rosa. Otello ne annusa uno e sente lo stesso profumo del latte di Zoe.
– Ora ho capito perché il tuo latte è colorato e profumato, – dice rivolto alla sua mucca, – ha il colore e il profumo di questi fiori!

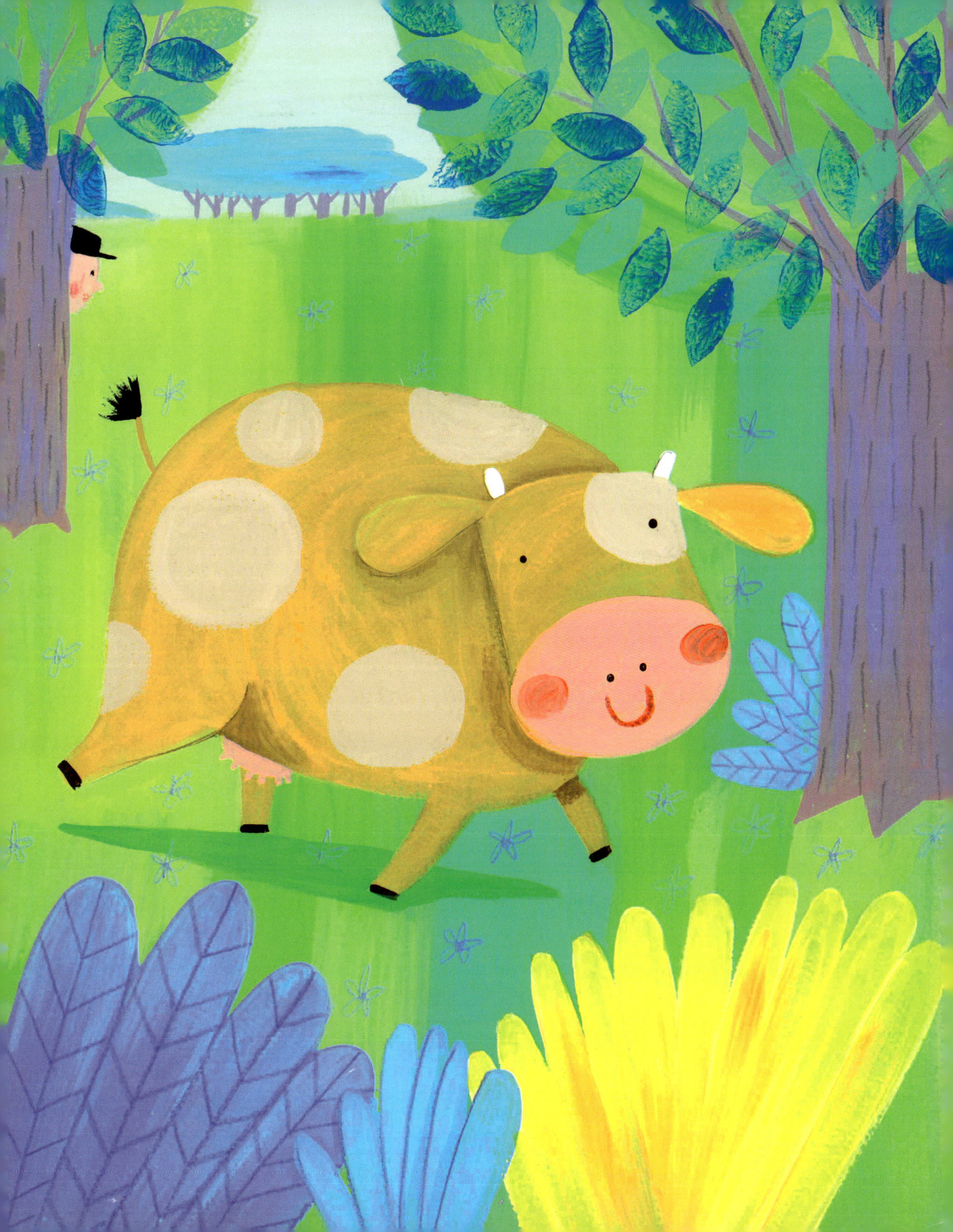

Felice per avere svelato il mistero, Otello torna a casa, pensando ai buonissimi formaggi rosa che farà con il latte della sua Zoe.

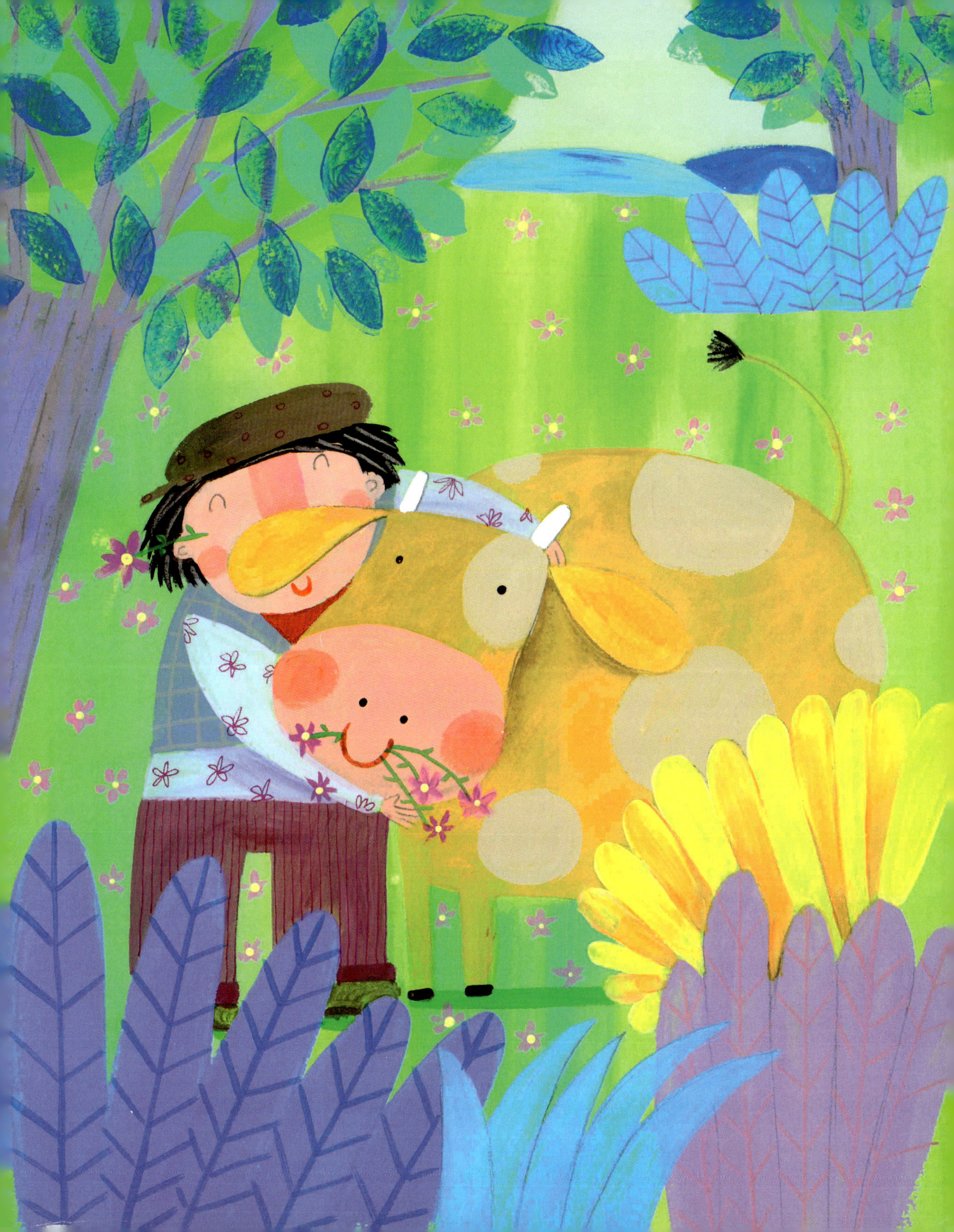

I colori sbagliati

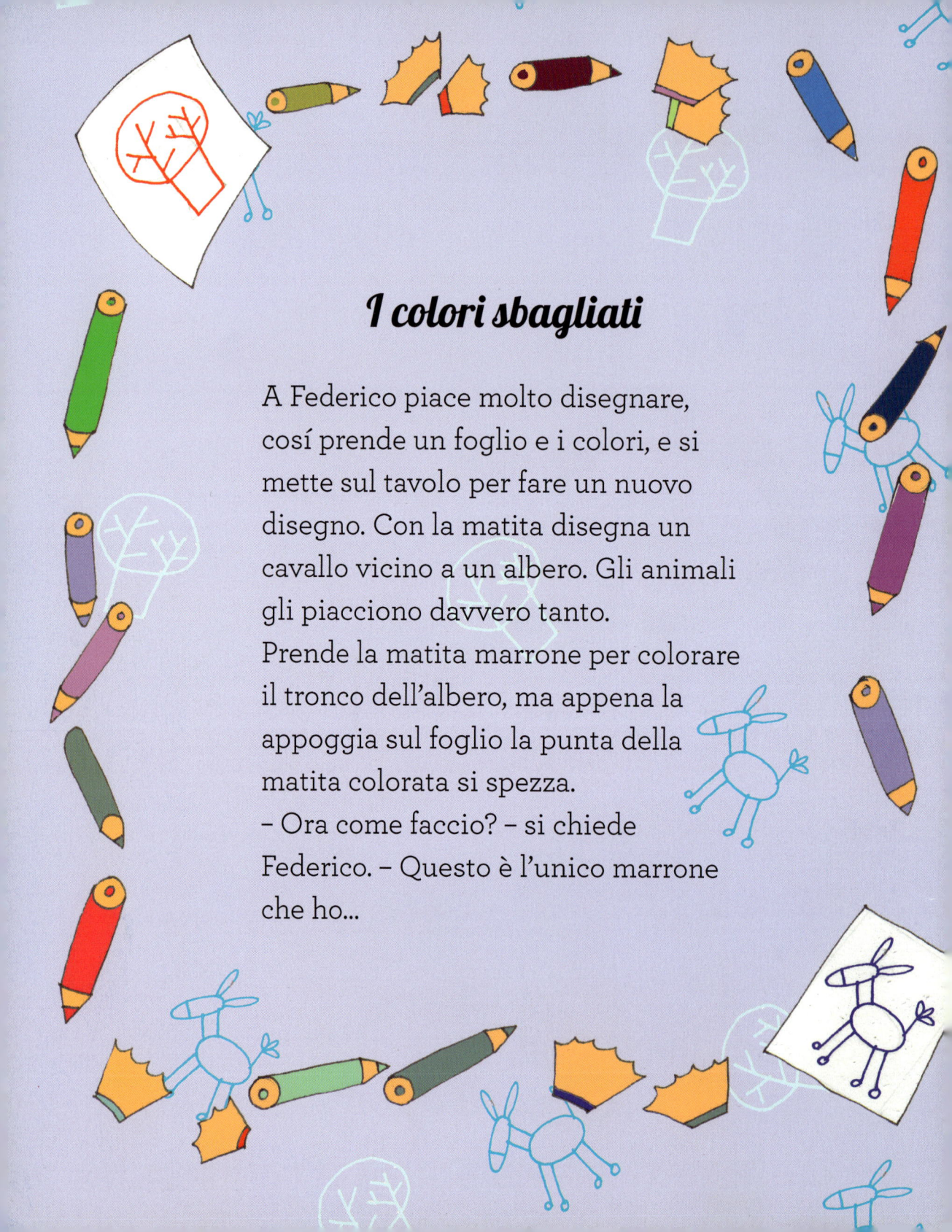

A Federico piace molto disegnare, cosí prende un foglio e i colori, e si mette sul tavolo per fare un nuovo disegno. Con la matita disegna un cavallo vicino a un albero. Gli animali gli piacciono davvero tanto.
Prende la matita marrone per colorare il tronco dell'albero, ma appena la appoggia sul foglio la punta della matita colorata si spezza.
– Ora come faccio? – si chiede Federico. – Questo è l'unico marrone che ho...

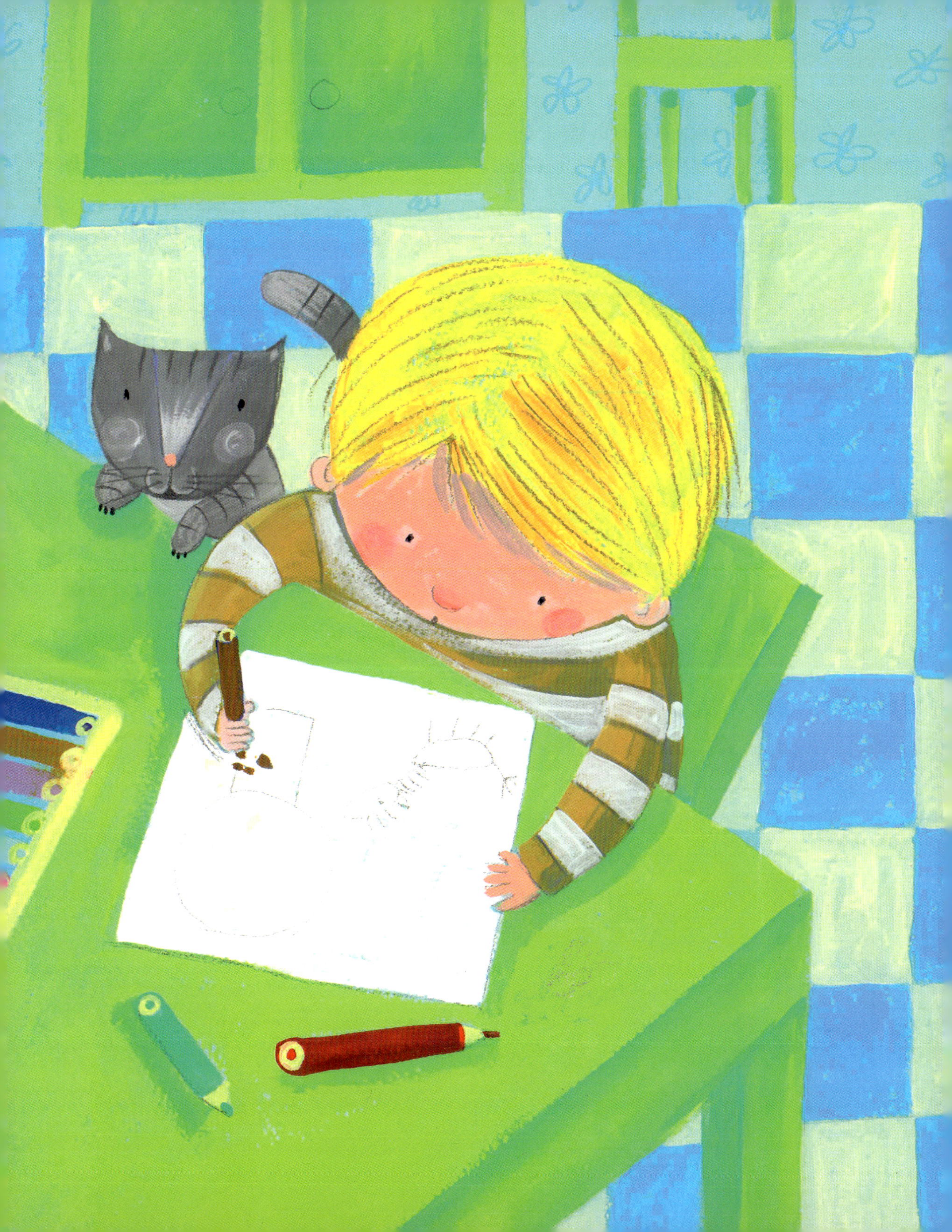

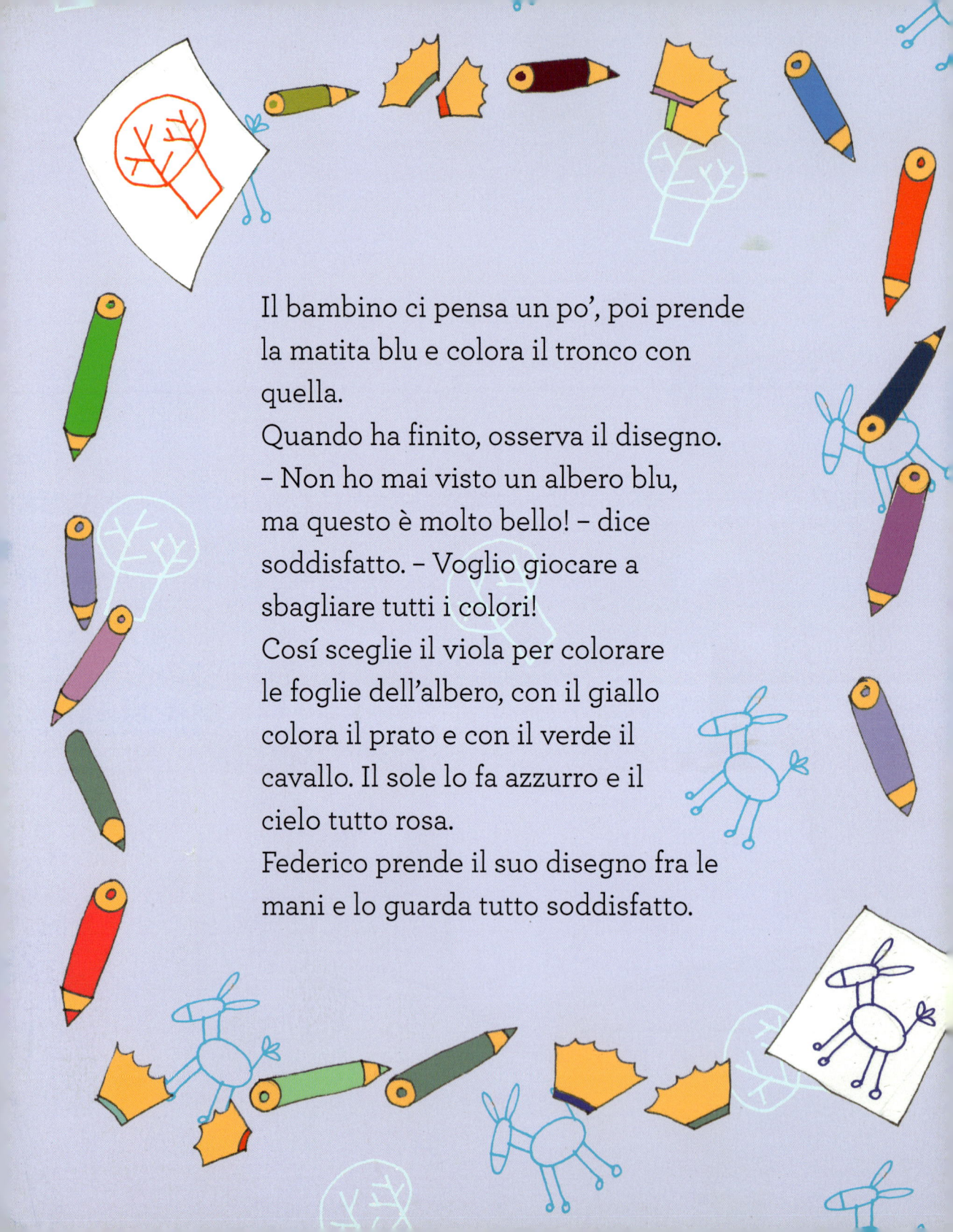

Il bambino ci pensa un po', poi prende la matita blu e colora il tronco con quella.
Quando ha finito, osserva il disegno.
– Non ho mai visto un albero blu, ma questo è molto bello! – dice soddisfatto. – Voglio giocare a sbagliare tutti i colori!
Così sceglie il viola per colorare le foglie dell'albero, con il giallo colora il prato e con il verde il cavallo. Il sole lo fa azzurro e il cielo tutto rosa.
Federico prende il suo disegno fra le mani e lo guarda tutto soddisfatto.

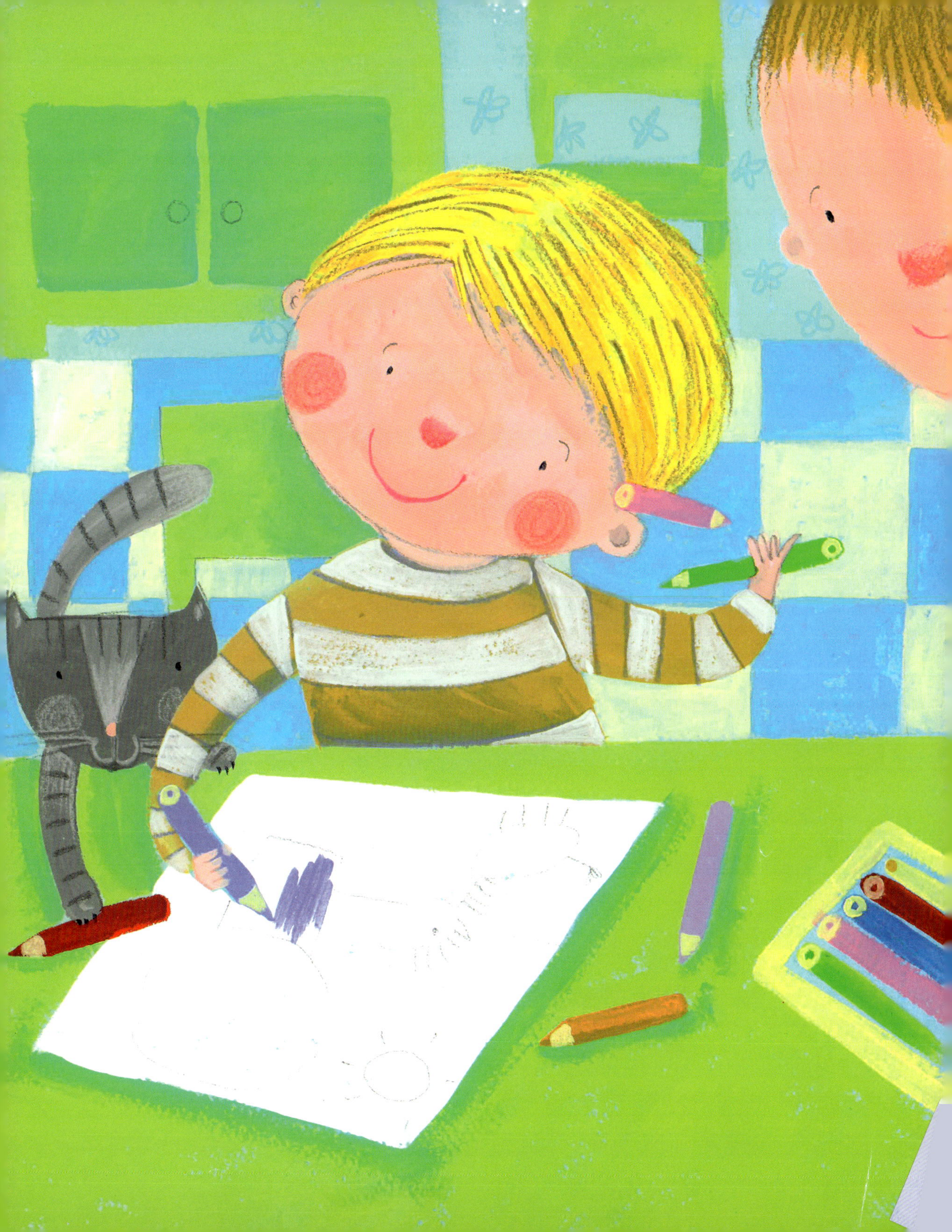

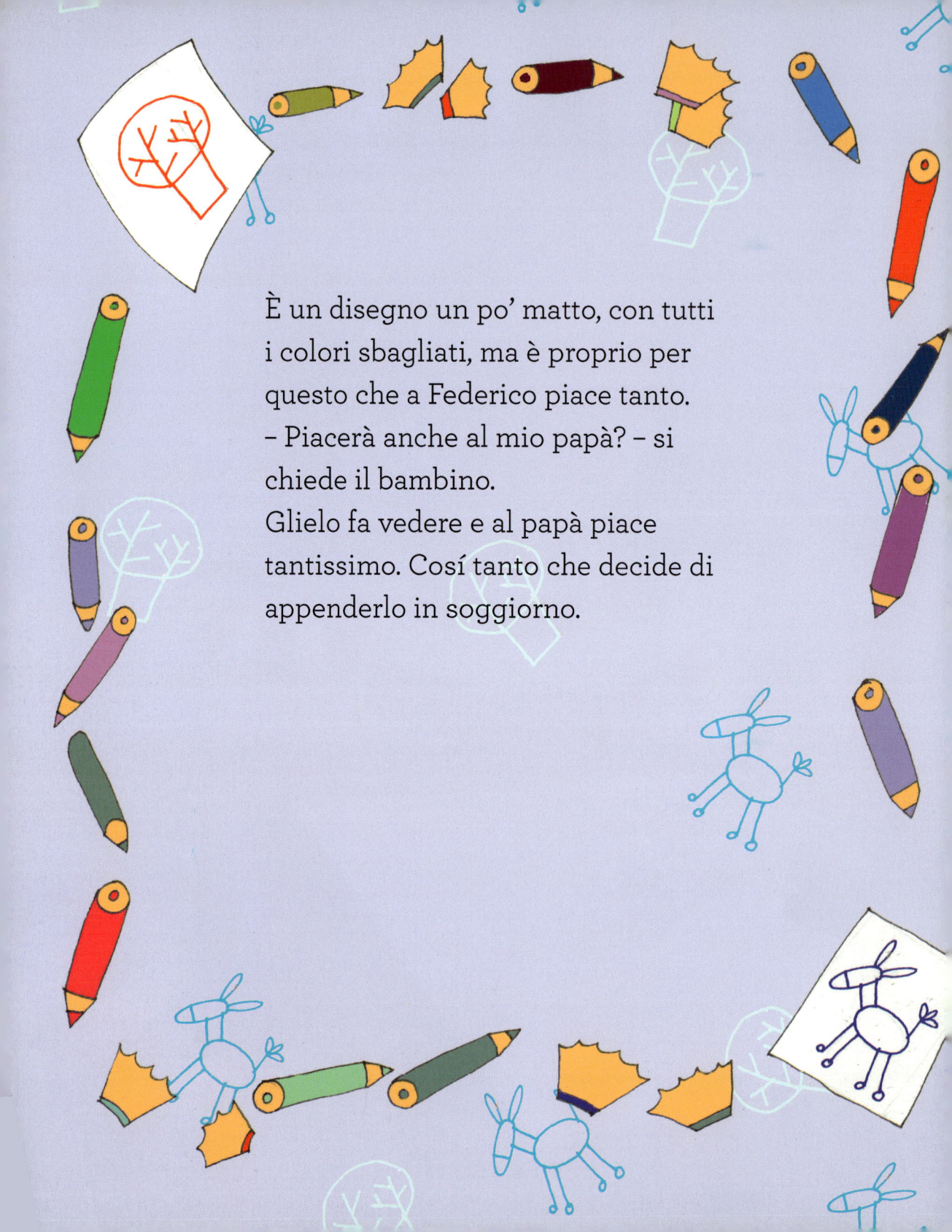

È un disegno un po' matto, con tutti i colori sbagliati, ma è proprio per questo che a Federico piace tanto.
– Piacerà anche al mio papà? – si chiede il bambino.
Glielo fa vedere e al papà piace tantissimo. Cosí tanto che decide di appenderlo in soggiorno.

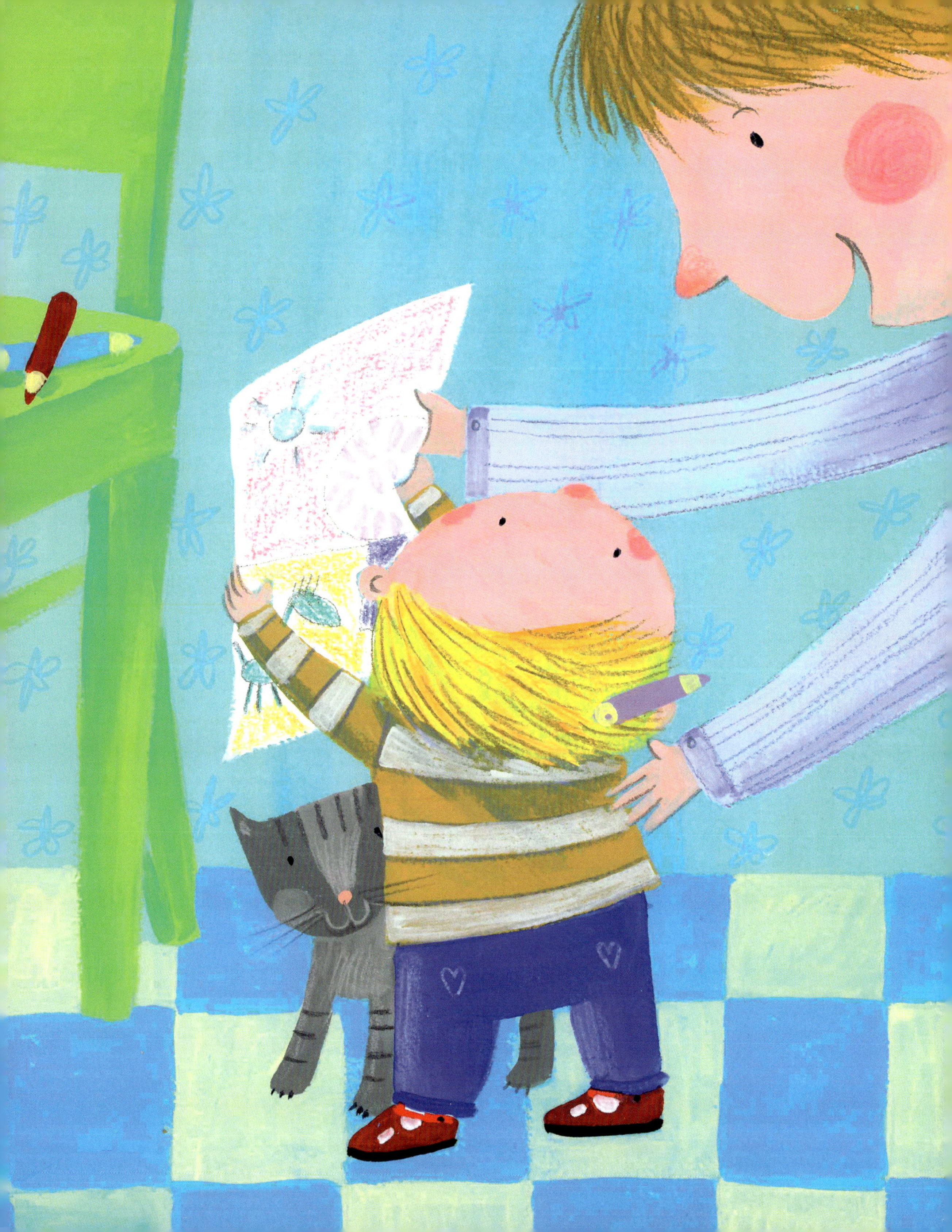

Dov'è il mio piccolo?

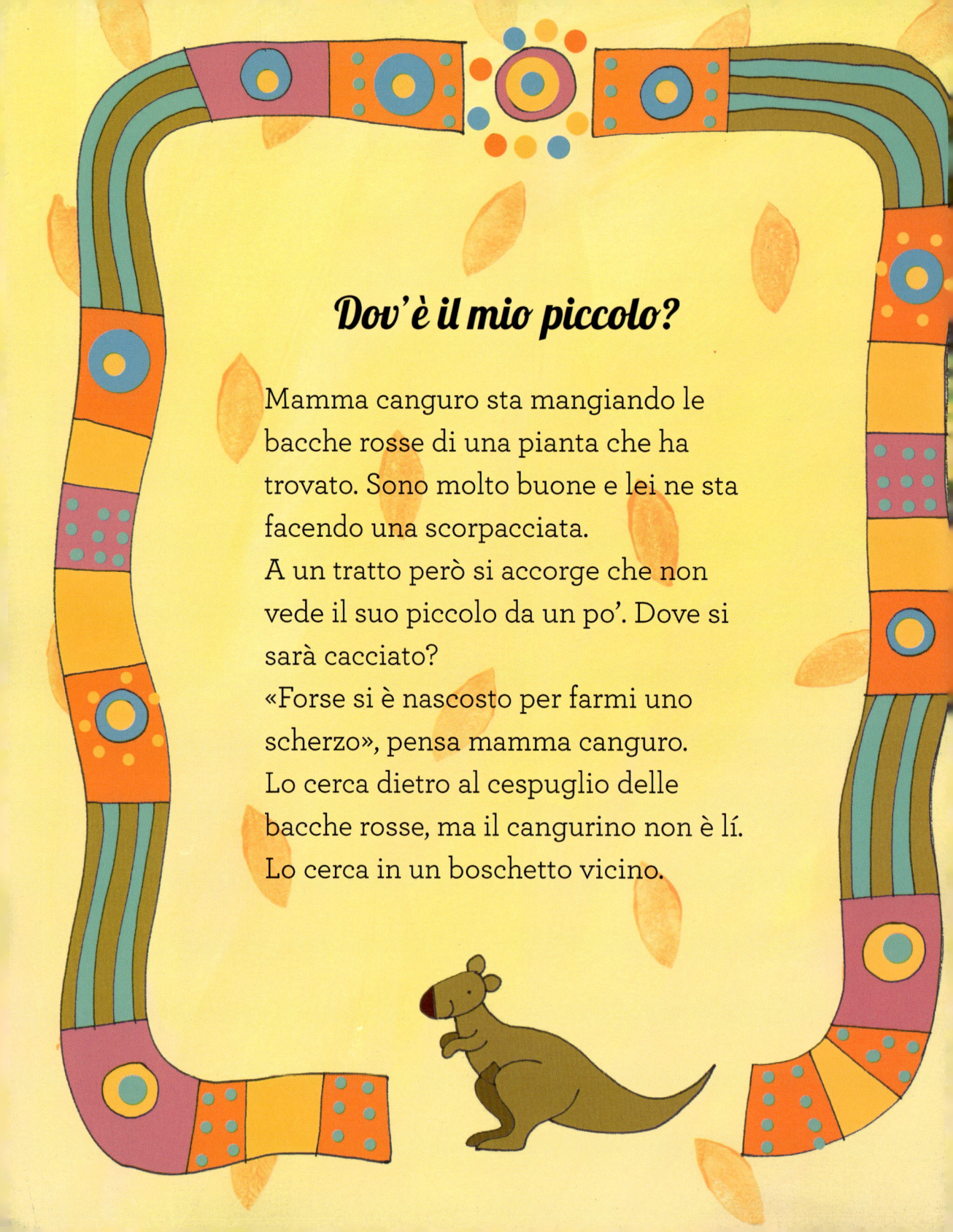

Mamma canguro sta mangiando le bacche rosse di una pianta che ha trovato. Sono molto buone e lei ne sta facendo una scorpacciata.
A un tratto però si accorge che non vede il suo piccolo da un po'. Dove si sarà cacciato?
«Forse si è nascosto per farmi uno scherzo», pensa mamma canguro.
Lo cerca dietro al cespuglio delle bacche rosse, ma il cangurino non è lí.
Lo cerca in un boschetto vicino.

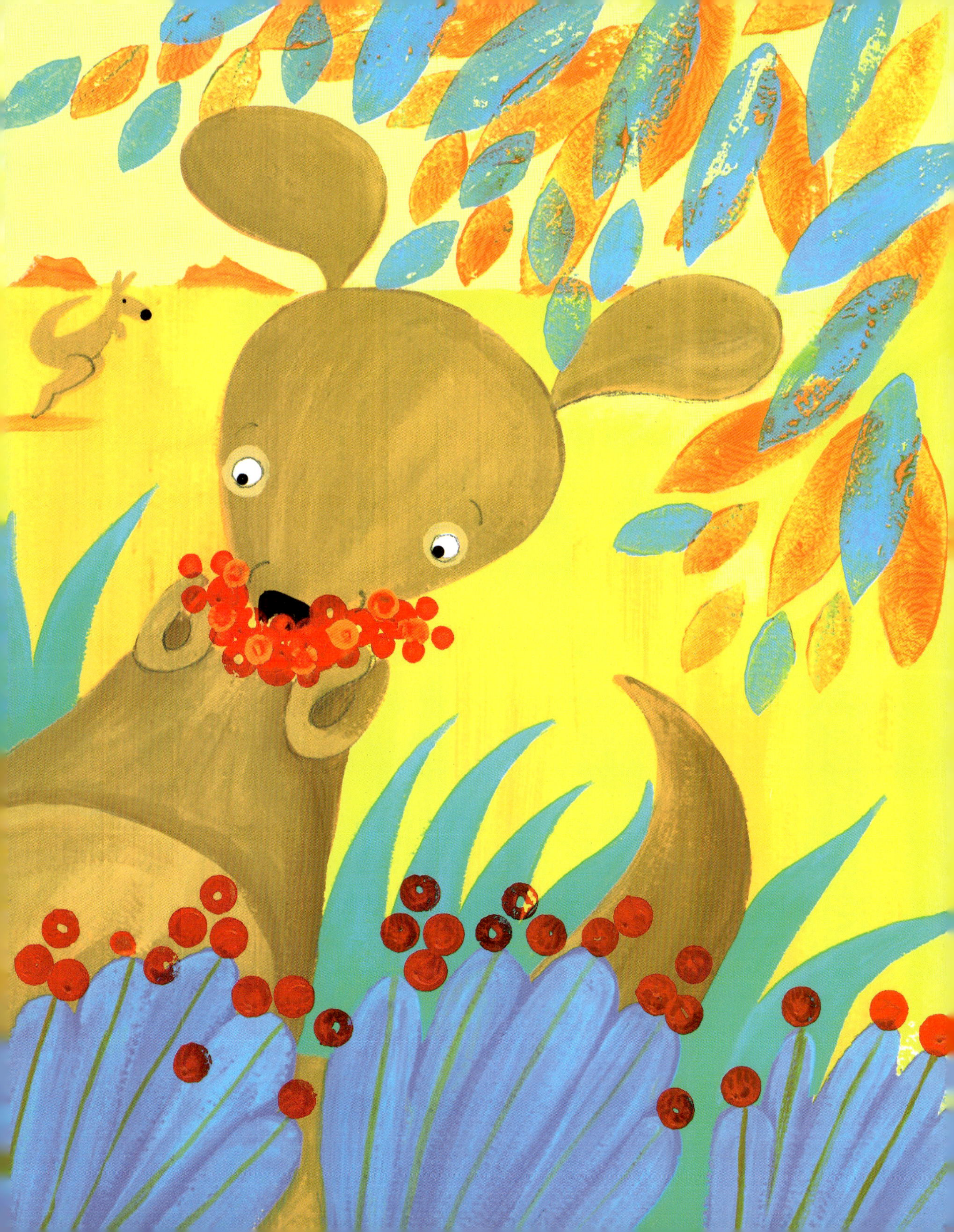

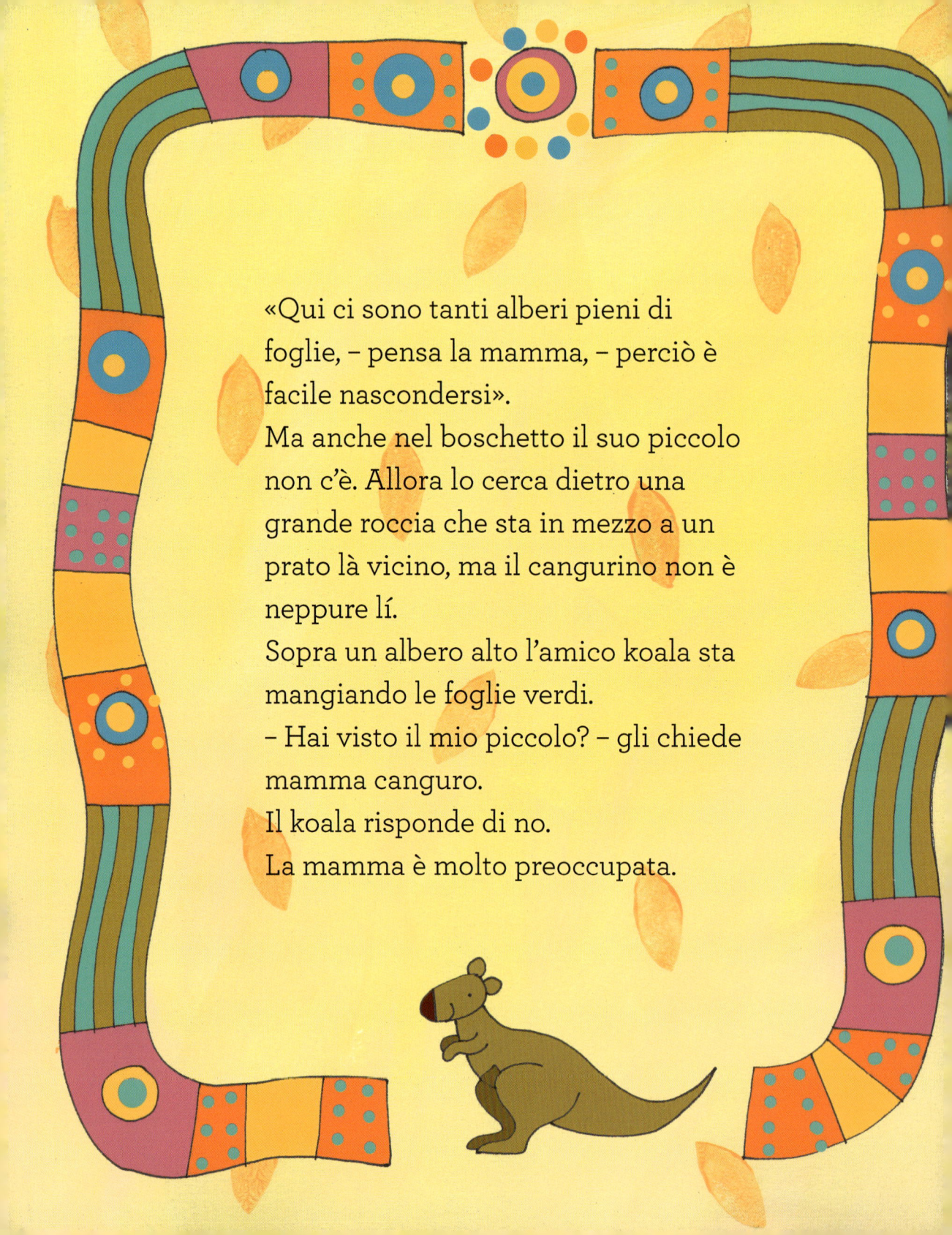

«Qui ci sono tanti alberi pieni di foglie, – pensa la mamma, – perciò è facile nascondersi».
Ma anche nel boschetto il suo piccolo non c'è. Allora lo cerca dietro una grande roccia che sta in mezzo a un prato là vicino, ma il cangurino non è neppure lí.
Sopra un albero alto l'amico koala sta mangiando le foglie verdi.
– Hai visto il mio piccolo? – gli chiede mamma canguro.
Il koala risponde di no.
La mamma è molto preoccupata.

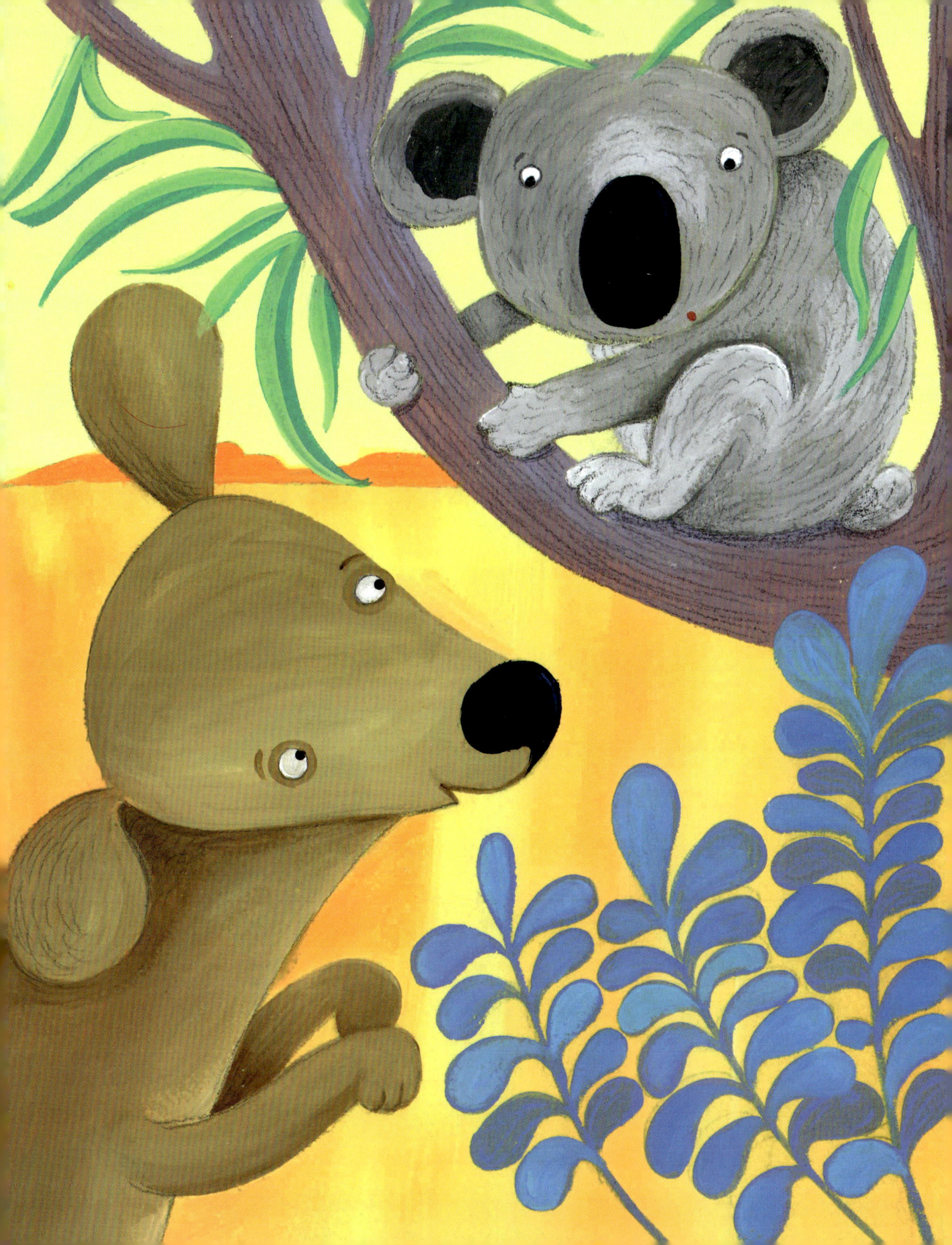

– Dove sei, piccolo mio? Fatti vedere! – grida ad alta voce.
– Sono qui, mamma. Perché strilli cosí? – chiede il cangurino, uscendo dal marsupio della sua mamma.
– Stavo dormendo, mi hai svegliato...
Mamma canguro sorride contenta, lo abbraccia forte e poi dice: – Vieni, piccolo mio, senti come sono buone queste bacche rosse...

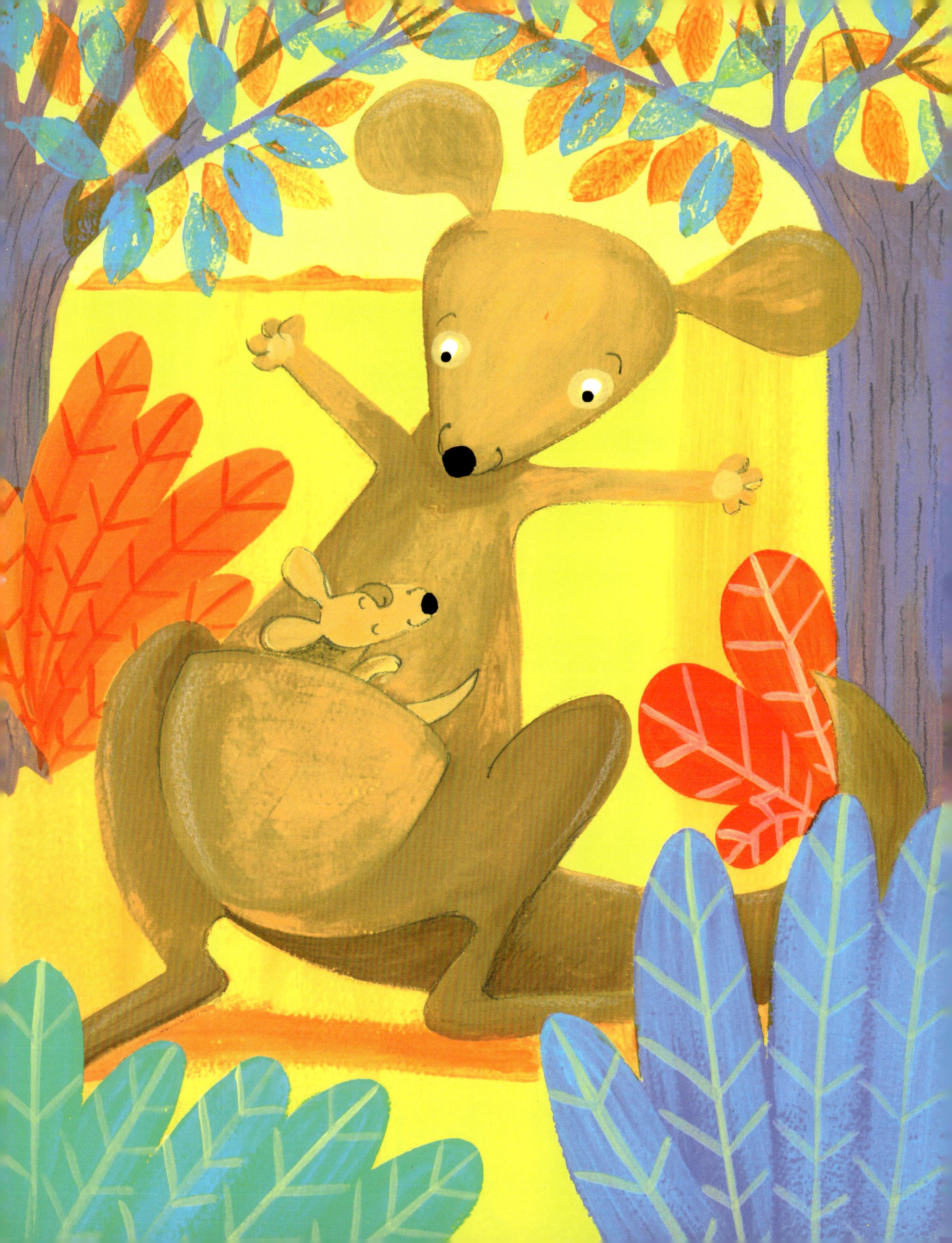

Il nido nel cappello

Il vento oggi soffia veramente molto forte.
La mamma di Gioele ha steso i panni ad asciugare in giardino, ma alcuni sono volati via.
– Gioele, aiutami a cercare la tua maglietta con il dinosauro e il tuo cappello rosso, – dice la mamma.
– Vengo subito, mamma! – risponde il bambino e la raggiunge in giardino.
Gioele si mette a cercare e quasi subito trova la maglietta con il dinosauro.

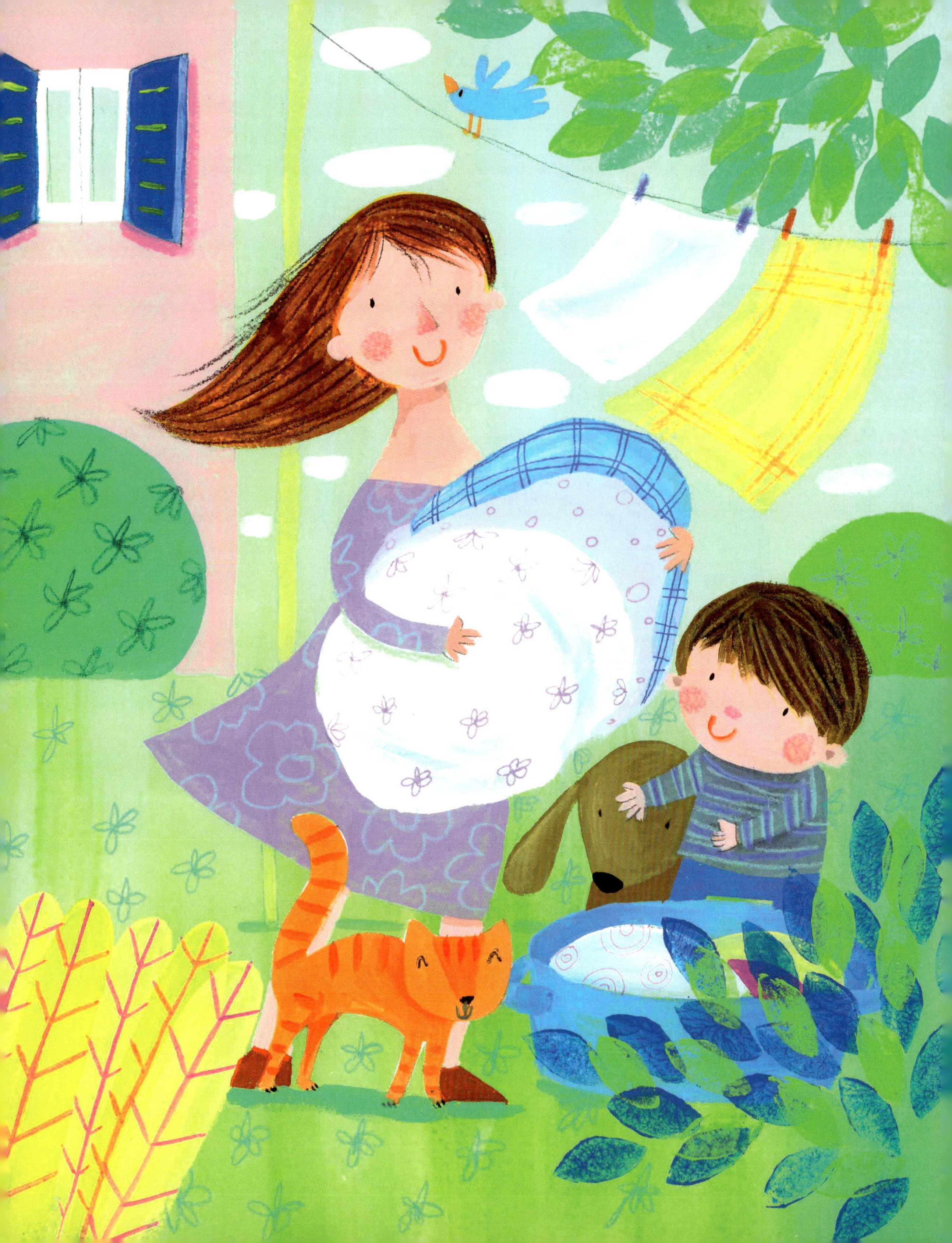

È impigliata sui rami di un albero.
Gioele continua a cercare il cappello,
ma non lo trova. A un tratto vede
una macchia rossa sulla siepe che
circonda il giardino. È il suo cappello!
Gioele si avvicina per prenderlo, ma
si ferma di colpo perché vede un
uccellino con la testa rossa e le ali
gialle che gli vola dentro. Ha dei fili
d'erba nel becco.
– Mamma, mamma! – grida eccitato.
– Un uccellino sta facendo il nido nel
mio cappello.
La mamma corre subito a vedere
incuriosita.

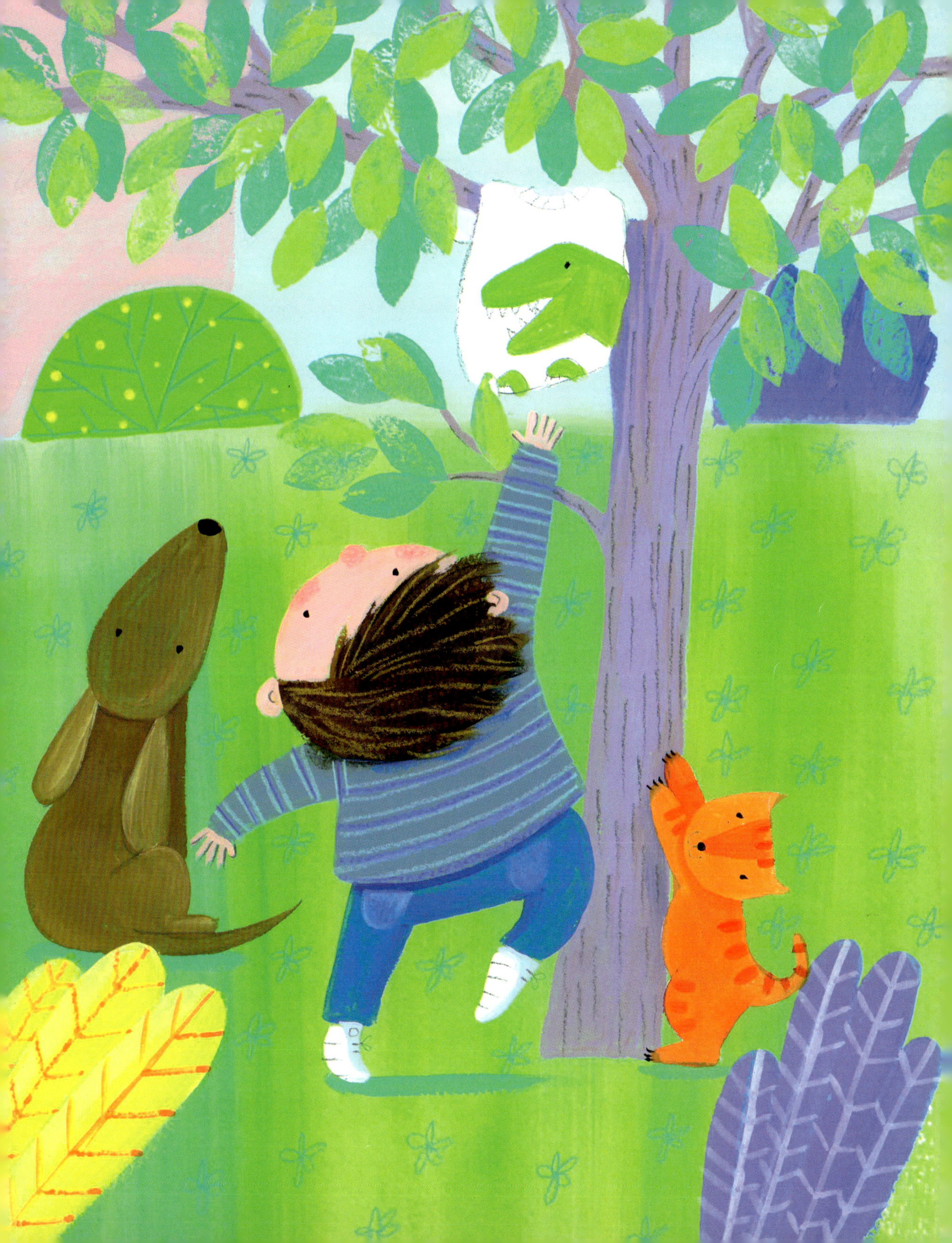

– Hai ragione, Gioele. Quello è un cardellino e ha scelto proprio il tuo cappello per farci la sua casa, – conclude la mamma.
– E ora come facciamo? – chiede il bambino.
La mamma sorride. – Regaliamo il tuo cappello all'uccellino e te ne compriamo uno nuovo!

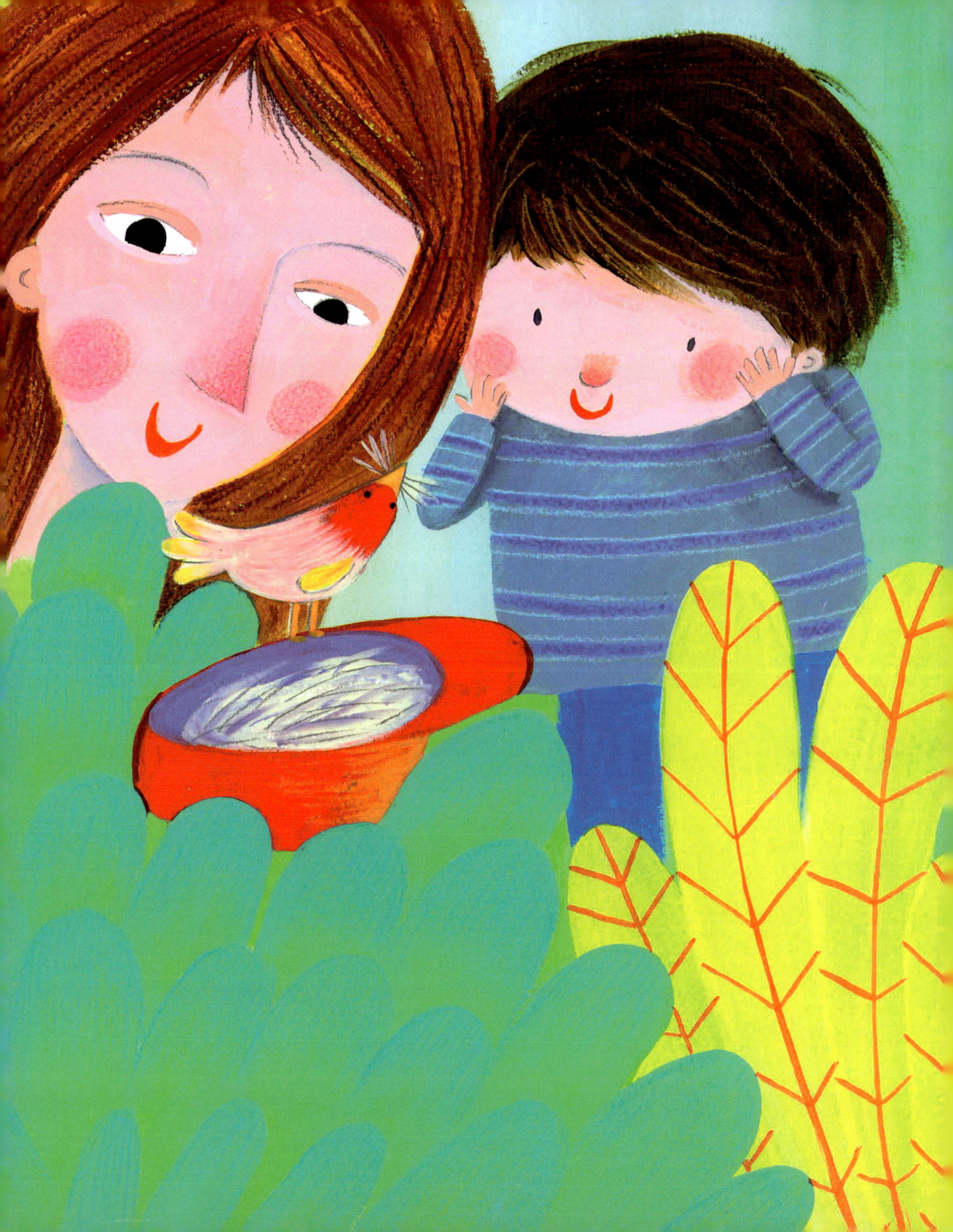

Il semaforo rosso

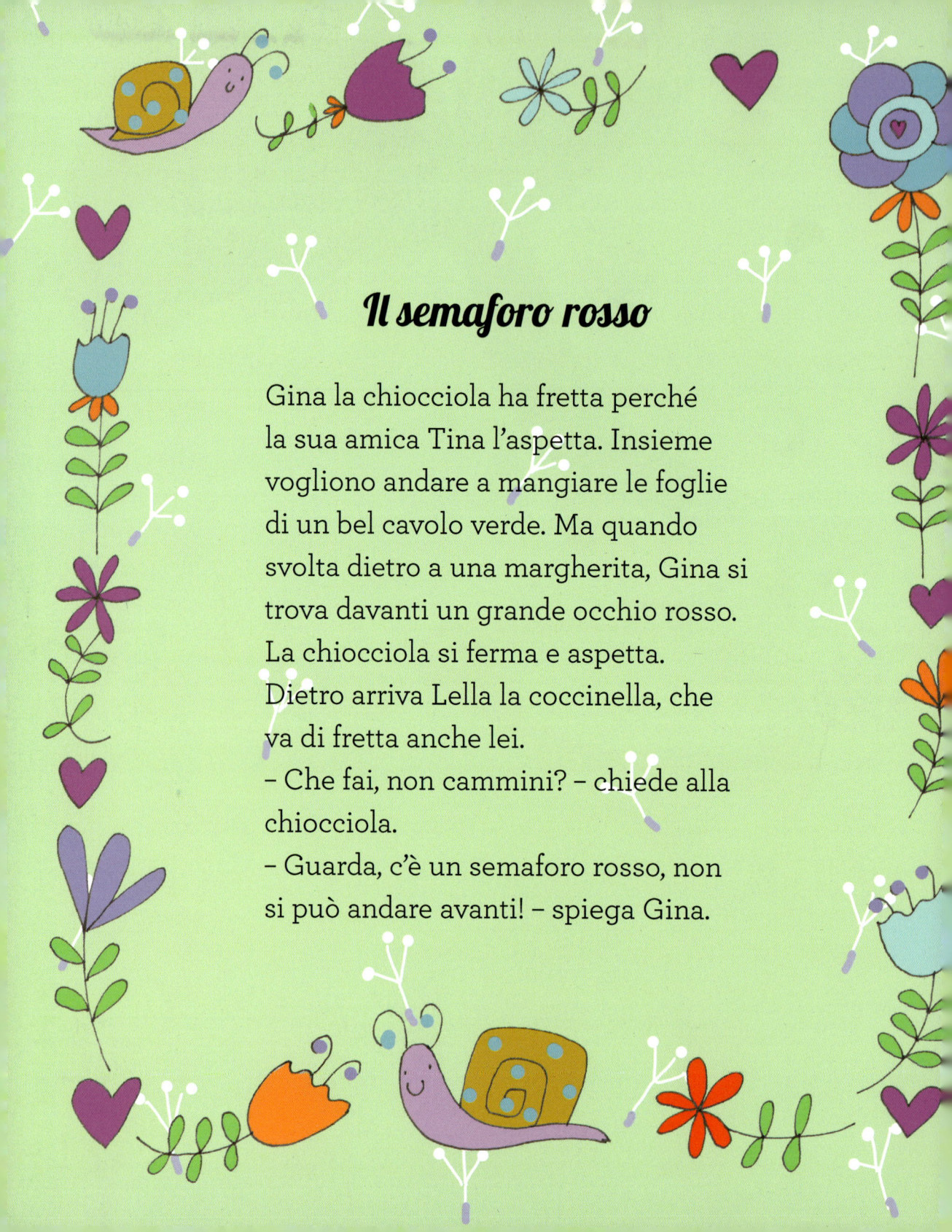

Gina la chiocciola ha fretta perché la sua amica Tina l'aspetta. Insieme vogliono andare a mangiare le foglie di un bel cavolo verde. Ma quando svolta dietro a una margherita, Gina si trova davanti un grande occhio rosso. La chiocciola si ferma e aspetta. Dietro arriva Lella la coccinella, che va di fretta anche lei.
– Che fai, non cammini? – chiede alla chiocciola.
– Guarda, c'è un semaforo rosso, non si può andare avanti! – spiega Gina.

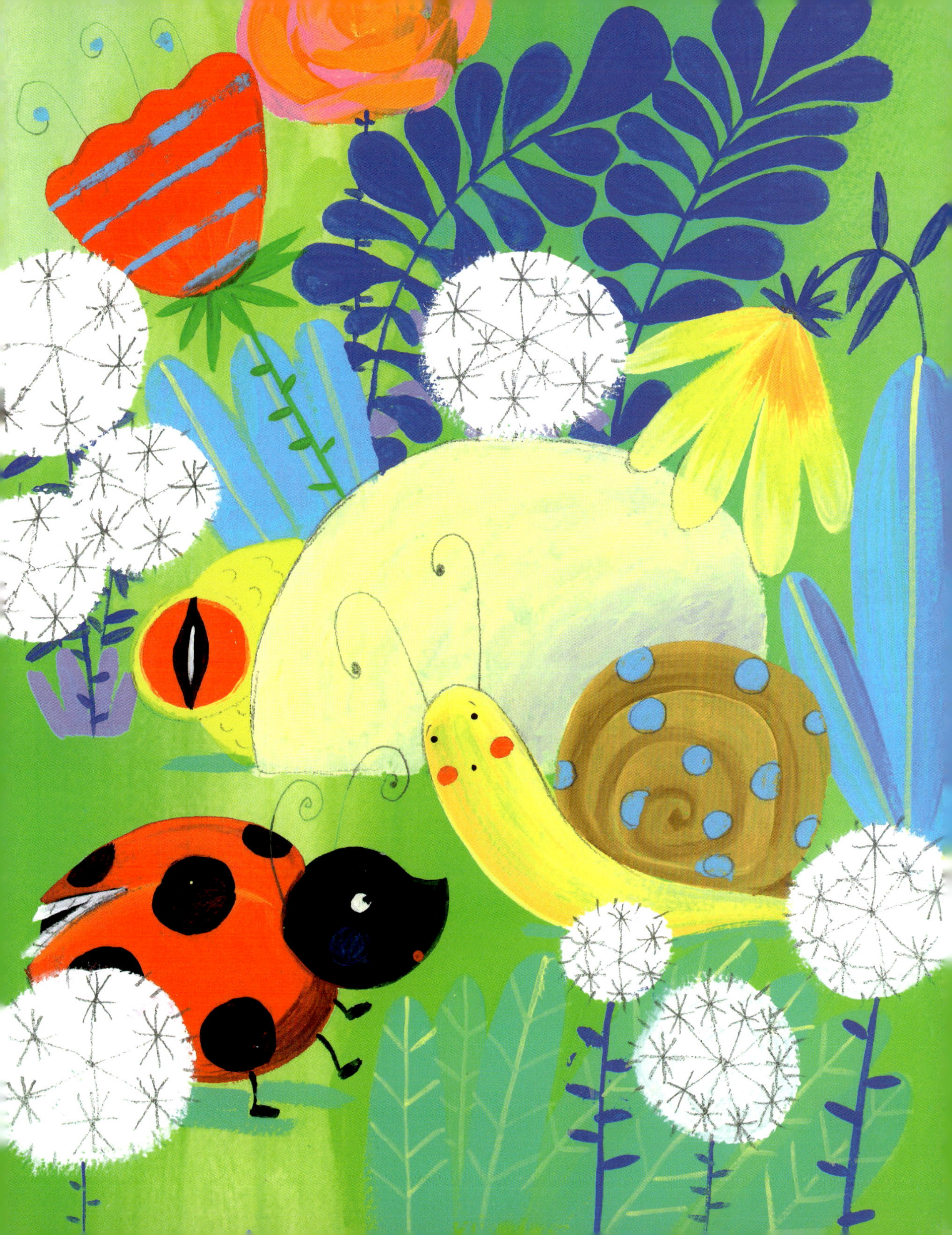

I due animaletti aspettano insieme, ma lo strano semaforo rimane rosso. Arriva anche Luana la rana e si ferma pure lei: con il rosso è vietato passare. La chiocciola, la coccinella e la rana aspettano tutte e tre insieme, ma il tempo passa e l'occhio-semaforo è sempre rosso.
Per fortuna arriva Luigi il topolino, che si mette a strillare forte: – Ehi, Bruno, smetti di giocare con i colori!
Bruno il camaleonte esce dal suo nascondiglio e si scusa con tutti. Poi chiude l'occhio rosso, mentre l'altro diventa verde.

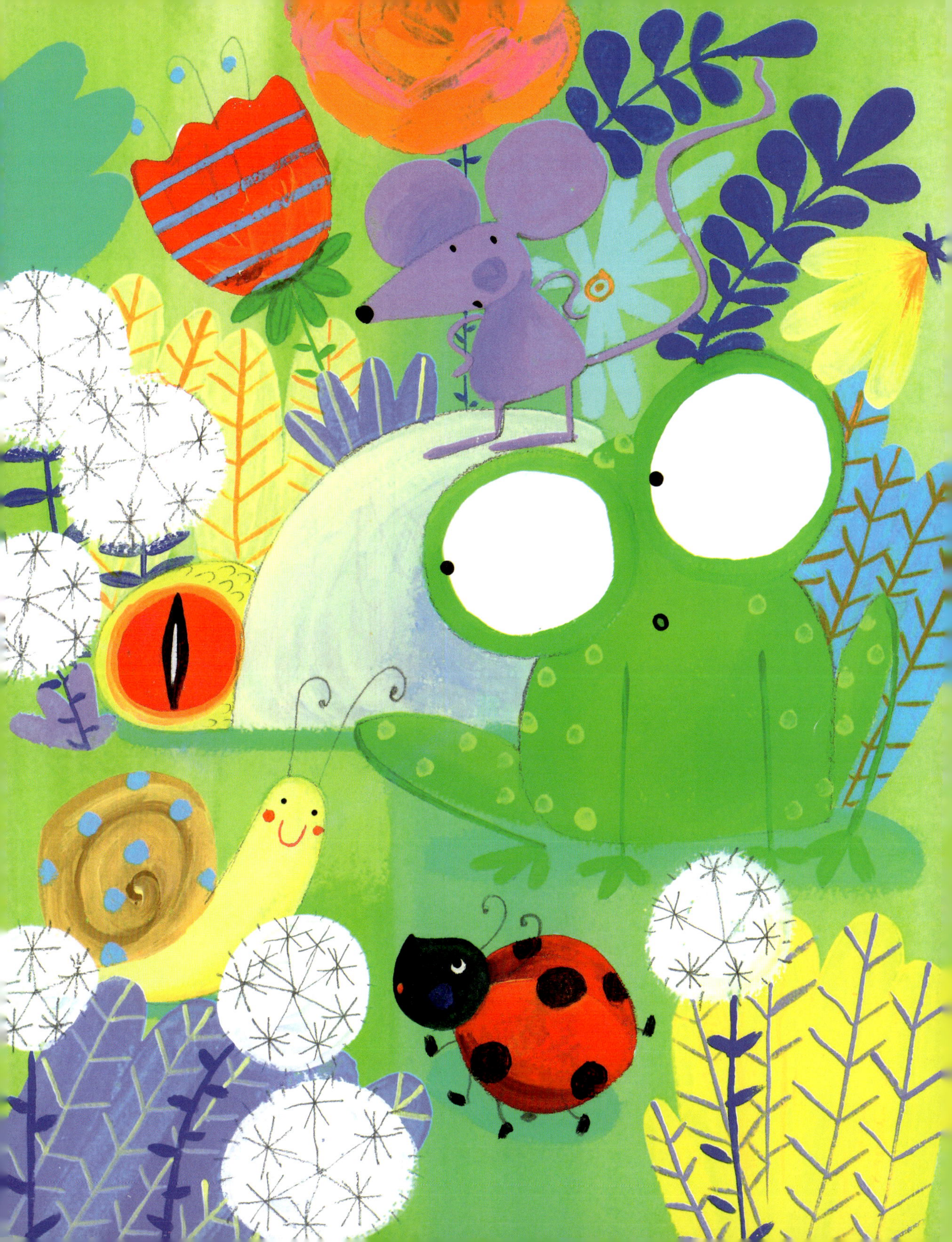

– Finalmente! – commenta Gina la chiocciola.
– Io mi stavo stancando! – dice la coccinella.
– Anch'io! – fa la rana.
Poi tutte e tre ripartono, mentre Bruno il semaforo continua a giocare tutto allegro con i colori.

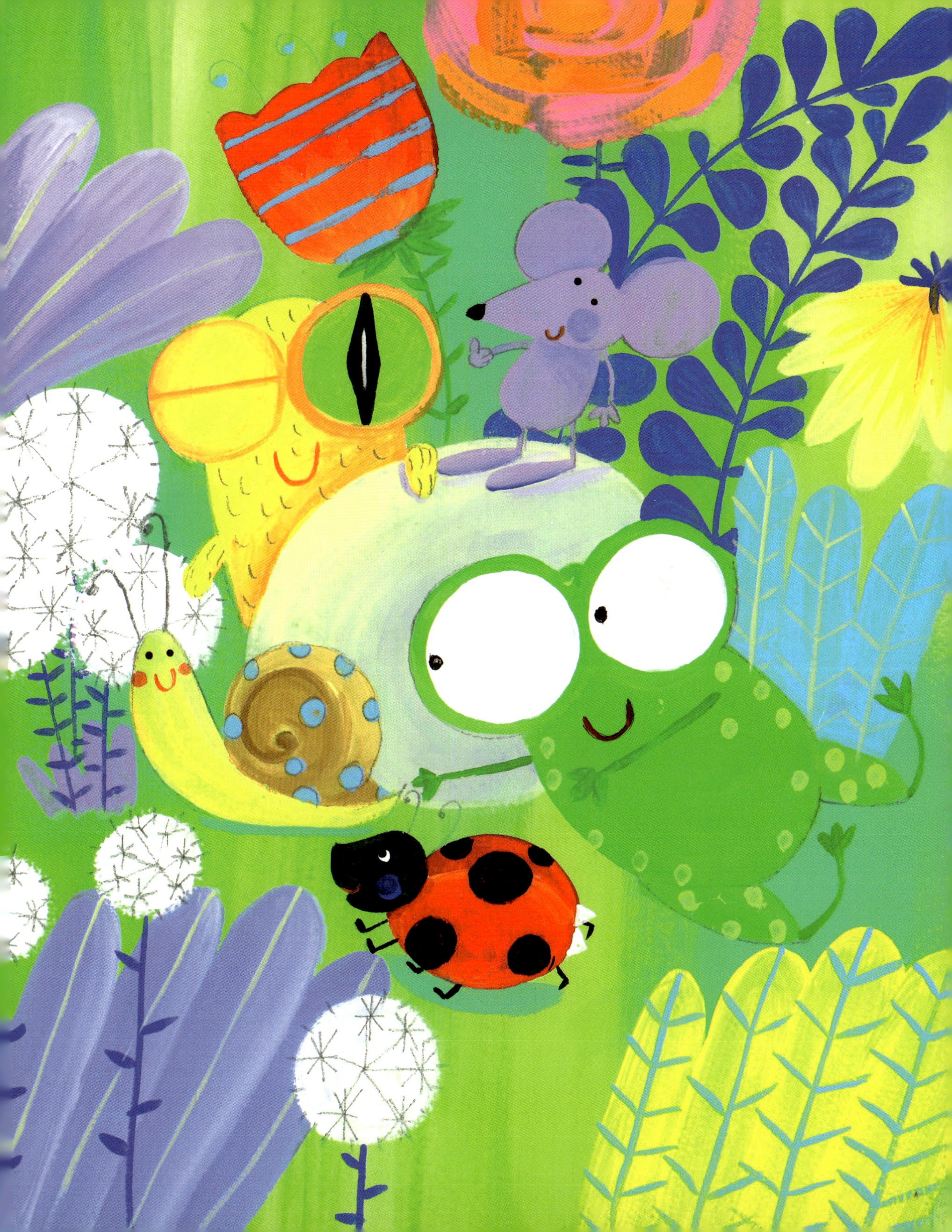

Il fiore che parla

Una pecorella di nome Ricciolina
mangia l'erba fresca nel prato,
assieme alle sue compagne.
Il pastore le porta lí ogni mattina e
alla sera le riporta all'ovile.
Mentre lei e le sue amiche mangiano,
Dedo il cane fa la guardia.
A Ricciolina piacciono i fili d'erba
verde chiaro, quelli che sono spuntati
solo da pochi giorni, perché sono
teneri e gustosi.

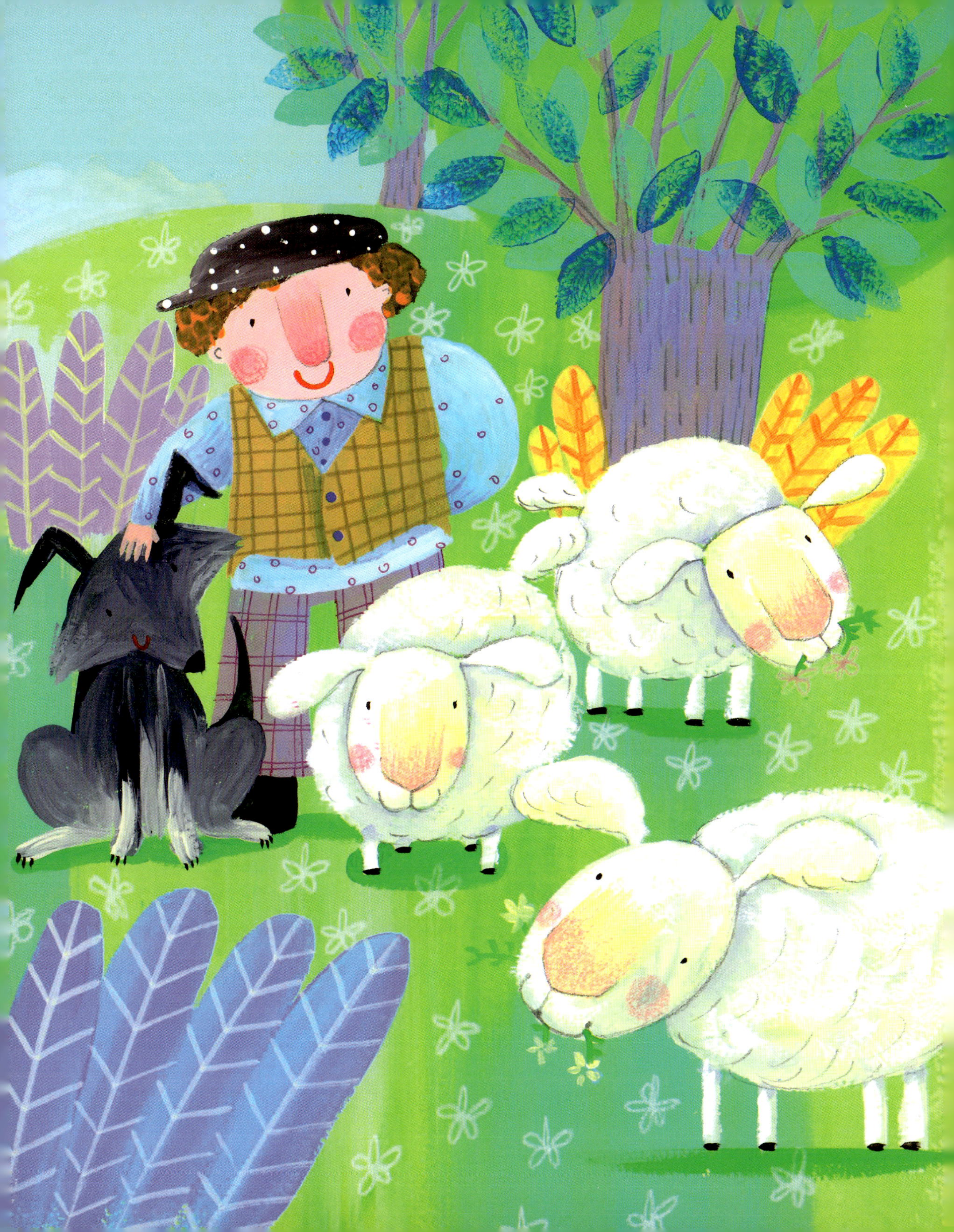

Però le piacciono anche i fiori: un po' per i loro colori, un po' per il loro odore e un po' perché hanno un buon sapore.
I fiori preferiti di Ricciolina sono le margherite, e per fortuna in quel prato ce ne sono tante. Ce n'è anche una piú grossa delle altre.
Ricciolina le si avvicina con la bocca aperta, ma improvvisamente la margherita si mette a parlare:
– Stai attenta, pecorella, non vorrai mica mangiarmi!

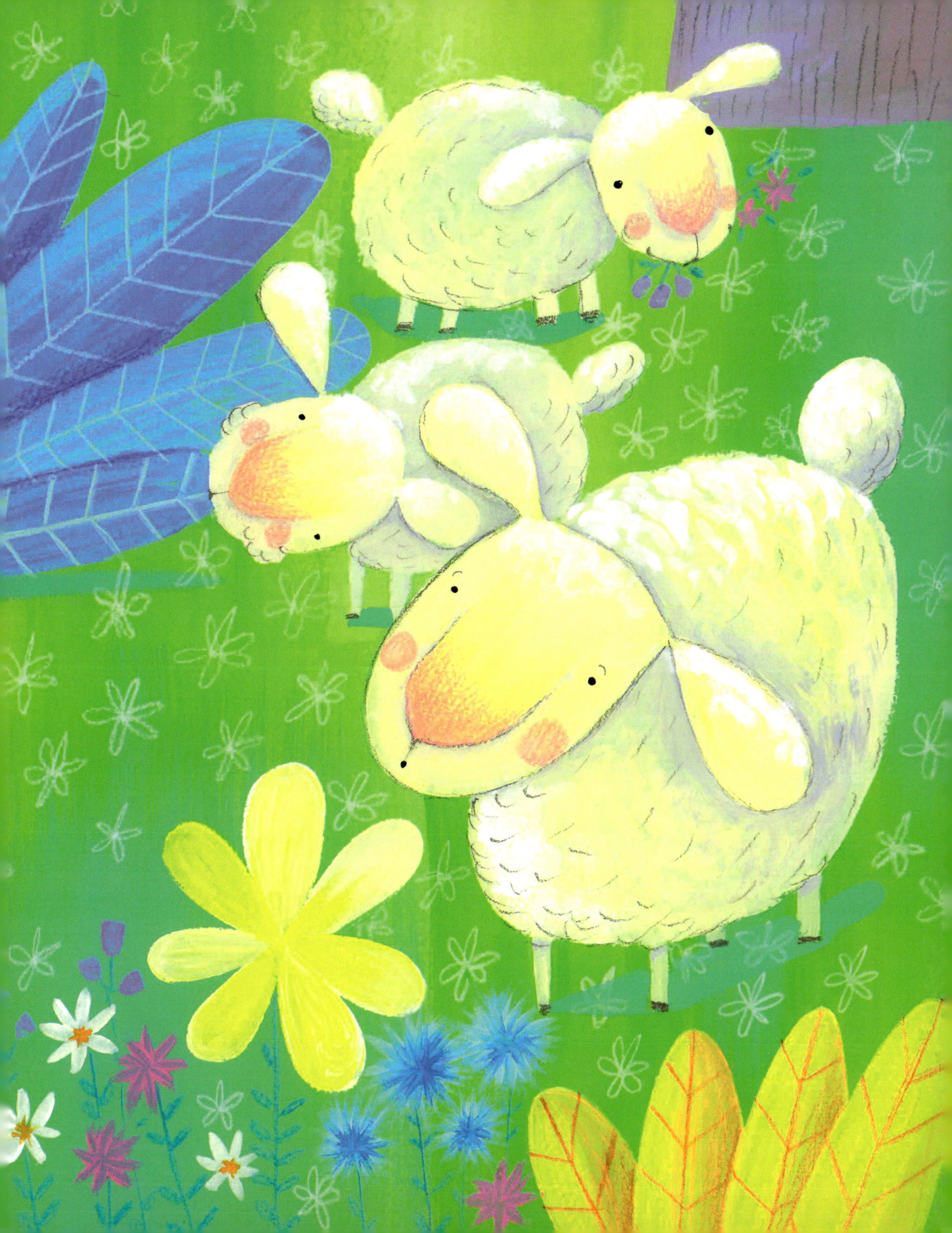

– Un fiore che parla!? – si meraviglia Ricciolina.
– Non sono un fiore, sono una farfalla, – spiega lo strano fiore. Poi batte le ali bianche e gialle e vola via.
– Mi dispiace, amica, non me ne ero accorta, – si scusa la pecorella.
Poi si rimette a mangiare l'erba e i fiori del prato. Però adesso fa molta piú attenzione.

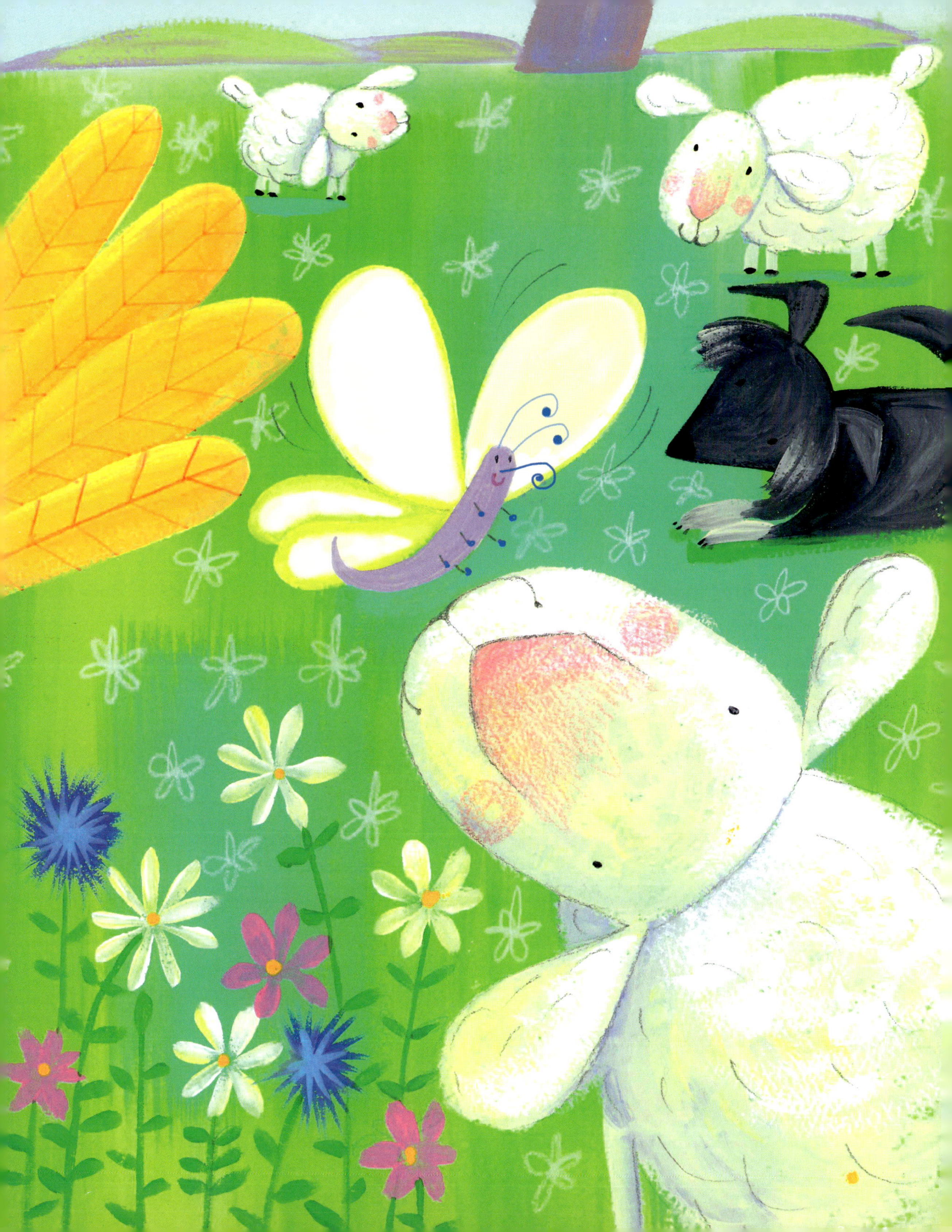

Il pesciolino grigio

– Io sono il pesce piú colorato e piú bello della scogliera! – si vanta un pesciolino rosso con le righe gialle.
– No, il pesce piú colorato e piú bello sono io! – strilla un pescetto piú grosso, verde e rosa.
– Invece il pesce piú colorato e piú bello sono io! – dice un pesce azzurro e giallo, tondo come una palla.
– Non è vero, sono io! – esclama un pesce lungo e sottile, colorato come l'arcobaleno.

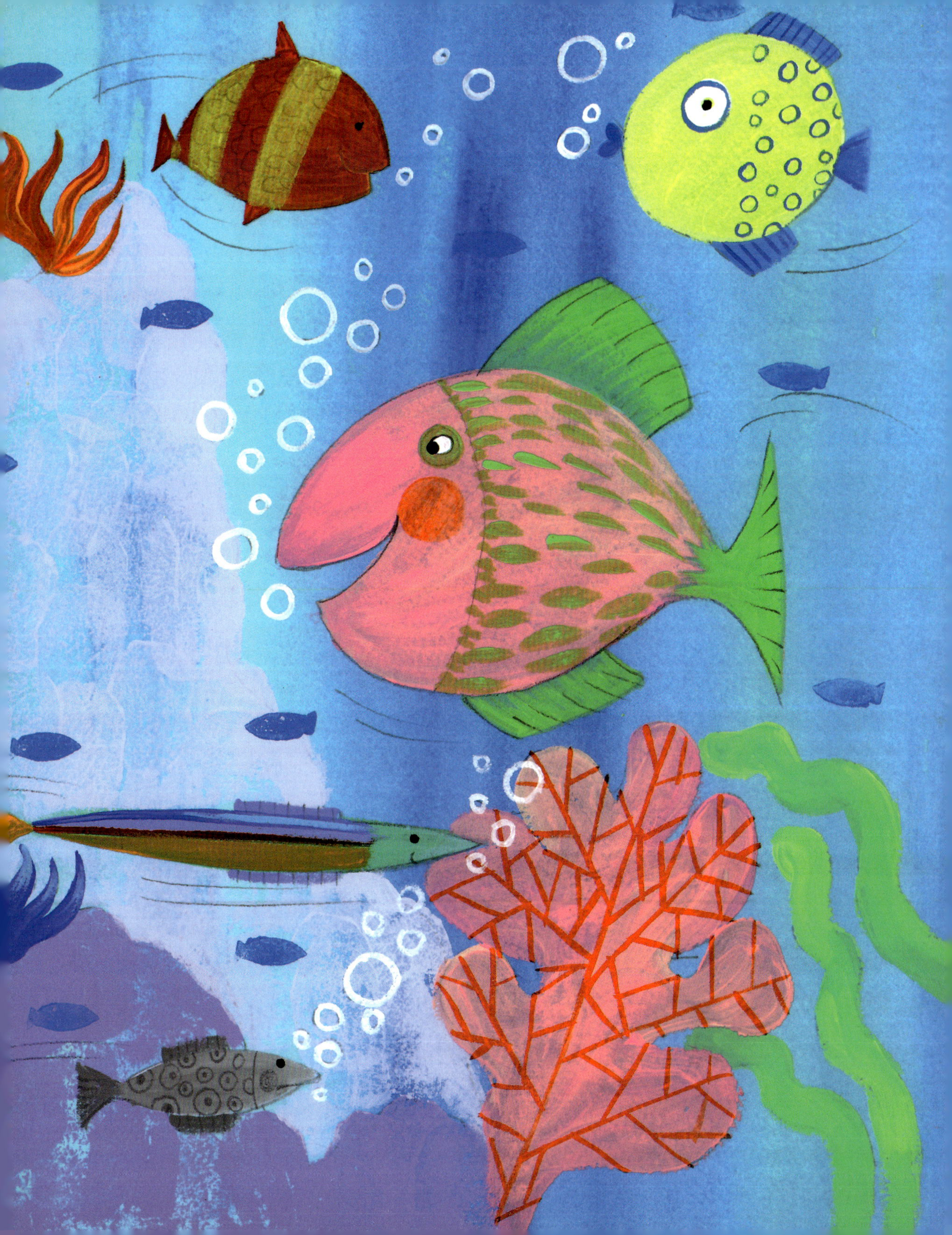

Un pesciolino grigio che sta lí vicino non dice niente. È dello stesso colore della sabbia e delle rocce, e quasi non si vede. Il pesciolino grigio è triste perché pensa di non essere bello.
A un tratto uno squalo affamato arriva vicino alla scogliera.
Tutti i pesci colorati si nascondono spaventati: se lo squalo li vede rischiano di finire nella sua pancia.
Il pesciolino grigio però non fa in tempo a nascondersi.
«Brrr!!! Ora lo squalo mi vedrà e mi mangerà!» pensa spaventato.

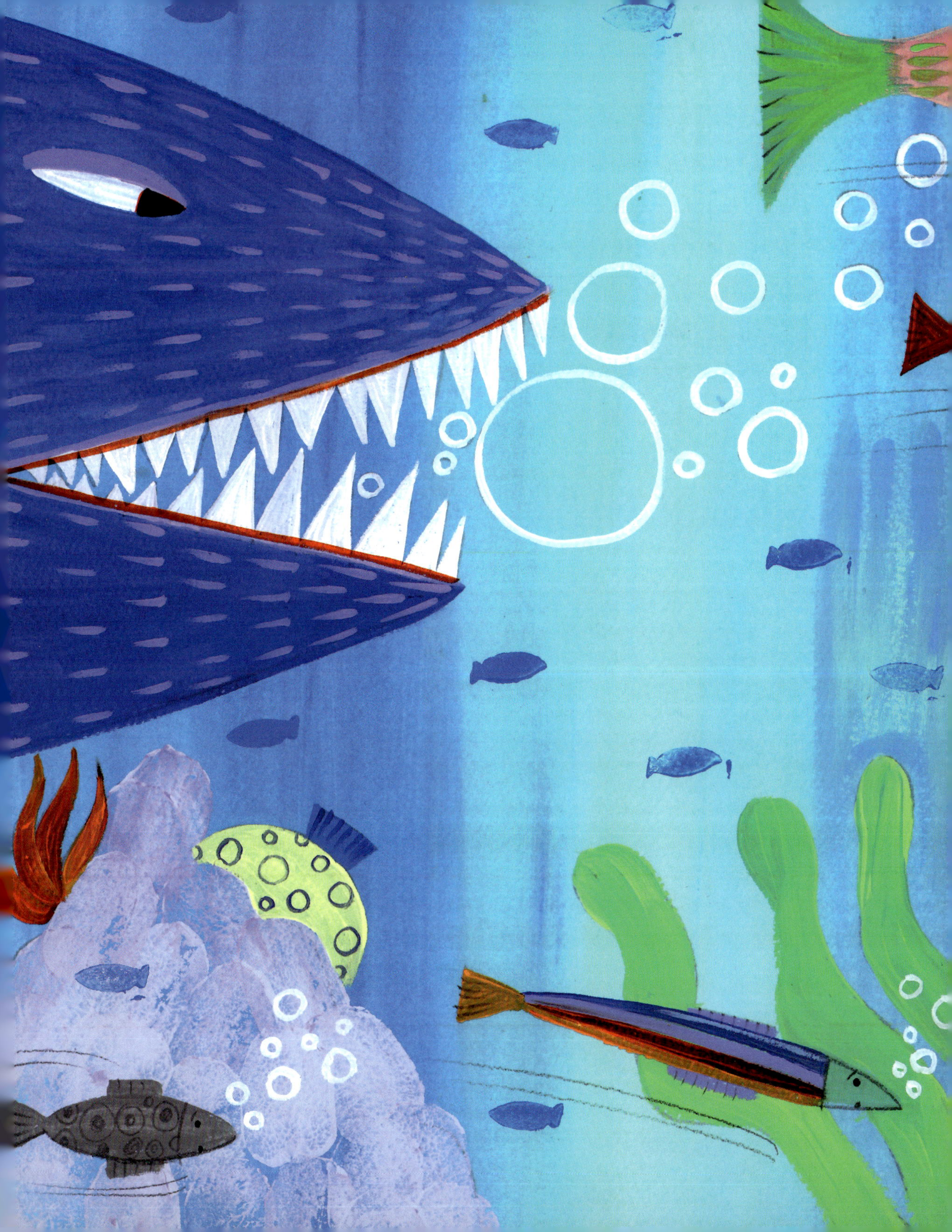

Ma il pesciolino è grigio come le rocce, cosí lo squalo non si accorge di lui e se ne va.
Quando i pesci colorati escono dai loro rifugi, il pesciolino grigio dice tutto contento: – Voi avete i colori piú belli, ma io ho il colore piú giusto!

Finito di stampare nel mese di novembre 2018
per conto delle Edizioni EL
presso G. Canale & C. S.p.A., Borgaro Torinese (To)